코이 간호과생 그림일기

코이 간호과생 그림일기

발행일	2015년 6월 12일		
지은이	윤 영 미		
펴낸이	손 형 국		
펴낸곳	(주)북랩		
편집인	선일영	편집	서대종, 이소현, 김아름, 이은지
디자인	이현수, 김루리, 윤미리내	제작	박기성, 황동현, 구성우, 이탄석
마케팅	김회란, 박진관, 이희정		
출판등록	2004. 12. 1(제2012-000051호)		
주소	서울시 금천구 가산디지털 1로 168, 우림라이온스밸리 B동 B113, 114호		
홈페이지	www.book.co.kr		
전화번호	(02)2026-5777	팩스	(02)2026-5747

ISBN   979-11-5585-575-1 03810 (종이책)   979-11-5585-576-8 05810 (전자책)

이 도서의 국립중앙도서관 출판예정도서목록(CIP)은 서지정보유통지원시스템 홈페이지(http://seoji.nl.go.kr)와
국가자료공동목록시스템(http://www.nl.go.kr/kolisnet)에서 이용하실 수 있습니다.
(CIP제어번호 : CIP2015015378)

코이 간호과생 그림일기

윤영미 글·그림

북랩 book Lab

안녕하세요

어릴 적부터 작지만 나의 이야기로 다른 사람들이 재미있고 공감하며 볼 수 있는 책을 만드는 것이 꿈이었다. 처음엔 추억으로 남기려고 블로그에 연재한 '코이 간호과생 그림일기'는 마냥 간호과 생활이 힘들고 신기했던 스무 살의 일기에서 지금 간호사가 된 나에게 무엇보다도 소중한 인생의 한 페이지가 되었다.

나와 4살 차이 나는 여동생이 이번에 간호학과를 들어가게 되었다. 간호학과에 합격하여 새내기의 생활도 하며 의학용어를 외우느라 머리를 싸매는 동생이 귀엽기도 하지만 소영이에게 좀 더 '내가 겪었던 간호과 생활'을 들려주고 싶었다.

앞으로 간호사를 꿈꾸며 하루하루 과제와 살면서 본 적 없는 두께의 전공 책과 씨름하는 전국의 간호학과생 친구들과 소영이를 위해서 부족하지만 나의 이야기를 들려주고 싶다.

그리고 나의 이야기를 처음부터 끝까지 함께해준 블로그 이웃 분들과 한 번쯤은 '코이 간호과생 그림일기'를 보고 응원의 말들을 남겨준 사람

들, 나와 동고동락하였던 최보스, 문찌, 김아페, 호삐, 전모야, 영란쩡! 마지막으로 책을 만들 수 있도록 곁에서 도와준 퍼피에게 감사의 말을 남긴다.

물론! 항상 옆에서 지켜봐주신 엄마 아빠 사랑해요!

추신: 저자는 '간호과 3년제' 과정을 바탕으로 그린 것이기 때문에 실제 4년제 과정 또는 타 대학과는 교육과정이 다르게 보일 수 있습니다.

응원해주신 ~
Ka에즈님, BU 카난님,
코털킹파이터님, Sinensis님, 구름님,
chu님, 츠비루님, skyhydra님, se키라님
키라님, 심심칙님, 채고님, 의요, 샤르니르님,
호두크림님, 괴물창조자님, 쿠다리님, 카니스 디루스님,
개미소다님, 현이님, 치엉덩이님, 실더님, 두릅님,
부실군님, 개미님, 모즈마리님, 다담님, 문 엠님,
아페르티드, 크고아름다워님, Oriental님, 해결사님,
족제비님, 스팅님, Jay님, 리자몽에이드님, 서우비님,
Kain님, 까만콩님, 잘생김님, Erin님, 미갱님,
낭랑랑님, 물범고기님, 카테르니안님, 채고님,
동이님, GOLD님! 모두모두 감사합니다~!
THANK YOU!

감사합니다 ♥

차례 ••••••••••••••••••••••••••••••••••••••

1학년

코이간호과생
그림일기

나는 여태껏 태어나서 병원 신세를 진 적이 없기에 (기껏해야 감기약 타러 가는 정도) 세상에 내가 간호사가 되는 길을 걷게 될 것이라고 상상도 못 했다.

평소에 책을 좋아해서 문헌정보학과를 가고 싶었던 나에게 취업 목적으로 간호과로 진로를 바꿔 준 아빠 덕분에(?) 난생처음 문과로 졸업하고서 의학 생리기전을 공부하려니 참 막막했고 몇 날 며칠을 이불에 누워서 내가 오늘 수업을 제대로 이해하고 있는 걸까 고민했다.

도저히 안 되겠다 싶어서 의학용어는 정말 의미를 이해하기도 전에 그날, 그 다음날 시험을 위해서 무작정 외우고 고등학생이 배우는 EBS 생물책을 사서 강의를 들어보기도 하였다.

간호과 생활하면서 난생처음 공부하는 과목에서 버틸 수 있었던 버팀목은 바로 친구들인 것 같았다.

선배에게 기합받고 (하하!) 교수님 뒷담화하고 (하하하!) 다른 반 친구들의 은밀한 소문들을 기숙사 이불 속에서 모여서 히히대며 수다로 스트레스를 풀고 수업 중 모르는 내용은 다 같이 우르르 몰려가 교수님의 연구실 문을 두드린 기억들이 날 때마다 지금의 내가 보기엔 참! 귀엽다!!

모르면 같이 알아내고, 알아내면 서로 알려주고! 누가 시키지도 않았는데 스터디그룹을 만들어서 기숙사 휴게실에 옹기종기 모여 끝없이 토론하다가 몰래 치킨을 시켜 먹기도 했던 1학년….

걱정 많으면서도 어떻게 보면 무작정 부딪히는 맛으로 정신없이 보낸 것 같다.

✚ 코이 간호과생
그림일기

일본물고기 '코이'

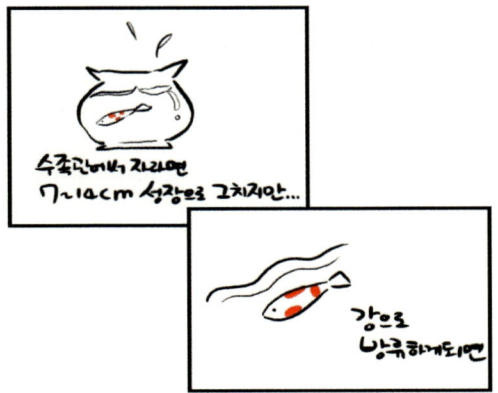

수족관에서 자라면
7~10cm 성장으로 그치지만...

강으로
낭국하게되면

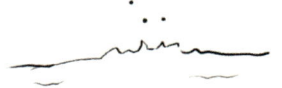

11학번 간호대학생의 그림일기입니다
그림 실력은 부족하지만
귀엽게 봐주세요!

3월

입학식을 마치고..

길어진 가방끈을 붙들고
수업을 들으러 갑니다

안녕하십니까
안녕!
아, 안녕!
네^^

고등학교때와는 다른 환경에서
대인관계를 맺기위해 노력하고

나이팅 게일의 간호의 ...
2차 방어 기전
두정골
ROM에 대해
네?

새로운 교육환경에 놀랄 틈도 없이
해야할일은 쌓여만 갔습니다.

AM.2:00
으악 아직
53개 외워야
하는데!

그날 배우면
다음날 바로 쪽지시험
ㅠ_ㅠ

그 중에서도 학교 오르막길에 가장
적응이 안되었는데..

요런 내역은 어느대학이나 있나 보다!
덕분에 체력이 쑥쑥!
특히 우리학교는 '도깨비 도로'로도 유명했다

MT

대학교의 꽃! MT

신나는 나라 에버랜드로 갔습니다.

하지만 이른 봄이라 너무 추웠습니다

저녁을 먹은 뒤에 모두 다 함께
재미있는 게임을 하고 놀았습니다

#오잉?

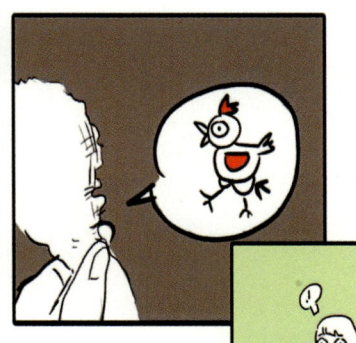

다음날 해부학 시험이였다

생활의 발견

은근슬쩍 닭다리를 집었다

나이팅게일 선서식

2학년 선배님분들의
나이팅게일 선서식이 있었습니다

정말로 진짜로
전부 환해서 백여명정도
무대에 계셔도 안보인다

100번 자도 할것같은 계시다

진보하시는
3학년선배님

완전 샤이닝 했습니다

백합꽃다발
준비!!

그리고
끝나고
뒷풀이를
합니다

우린
카페에 가서
케이크랑
차마셨어!

우린
삼겹살!!

와아~
우리도 끝나고
모두 모였었는데...

뭐 먹었는데?

방에 들어가니
룸메가 토사물을‼

모두에게
좋은 추억으로 남을
뒷풀이를 보냈습니다.

중간고사

미리 공부하자고 다짐하지만
항상 후회하죠(웃음)

첫 중간고사라 너무 떨려서 시험지에
이름을 안적어 내기도 하고
긴가민가하는 문제들도 많아서 멘붕!

나중에 친구들과 답 맞춰보면 틀린 문제가
더 많이 들리기도 하죠

기말고사때는
벼락치기 안할꺼야!!!ㅠㅠ

실력발휘♥

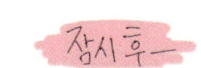

﹟ 욕창 몰라?

그래 참 똑똑하구나

너 그럼 콜라로 세수 해 봤냐?

아, 아뇨

피내주사실습

자, 여러분!
오늘은 피내주사를 연습하는데,
피내주사란 진피에 얇게
피부검사할때 쓰는 주사법이에요!
이론시간에 배웠죠?

그럼 모두들 짝꿍이랑
각자의 팔에 연습해보세요!
여기 준비물 챙기고!

와앙~
쩐다 나랑하자

그래!

내가 먼저 해보면 안될까!?
나 왠지 잘 할것 같애!
나 믿지? 그치?

으,응! 그래 너가 먼저해

...

5분뒤
(정지화면 아닙니다)

부들

근육주사 실습

신뢰가 필요해

이제 파트너에게 해볼까?

할 사람? 여기 비타민제있어요

저희가 먼저할래요! 잘할수 있어요!! 주세요!!!

하지만 잘못하면 하반신 마비오니까 조심하세용

"너.. 너 믿지?"
"음.. 잠깐만 기다려봐"

- 잠시후

미안해ㅣ 아팠지?

벼, 별롤ㅋㅋ 안 아팠어ㅣ

얼굴봐

걱정

"너... 왤케 빠삭하게 알고 있니?"
"실습조원이니까요..."

미안

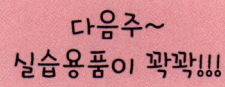

알면 뭐해

진정한 다이어트

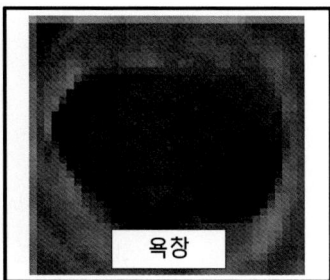

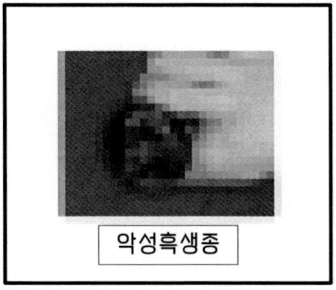

식욕 억제 짱인데?

건강한 사람은
3개월에 5Kg만 빼는 게 좋대용

친구와 술을 마시다

운명하셨습니다

CPR

야!
왜그래?
응? 말을해!

켁켁켁

쿨럭 쿨럭

켁

...

소리로 봐서는 기도가
막힌것 같은데
이럴때 쓰던
방법이 !! 수업시간에 배웠던!

CPR!?

이사람도 술에 취했습니다

어떻게든 살려냈습니다

팡 팡
팡

힘내!

다짐

이 학교 들어와서 처음으로
뜨는 해를 직접 대면하게 되었다

너무나도 아름다웠다

쓰러짐

그리고 뜨는 해를 바라보며 생각했다.

4년제
안되기만
해봐라..

...안되면!!!!...
내년에 또 해야지 --;;

모두들 노력한 만큼
좋은 결과가
나왔으면 좋겠습니다

대한간호협회 88주년 행사 후기

2시에 시작하는 행사에 참가하기 위해
아침 10시에 출발해서 도착하였습니다.
시간이 없어서 아쉽게도
밖에 늘어선 간호부스는 물끄러미 했어요.

100
세어본 돈액!
진짜
ㅋㅋ

착석하자마자 비타민제와 요구르트, 엽맥,
손수건 등등의 선물을 받았습니다.

와
헬리콥터균   양말
요구르트다!   있넹

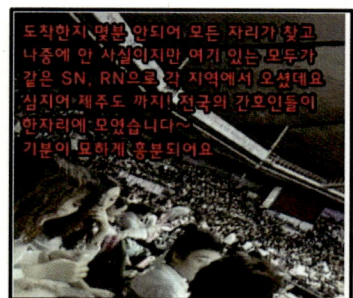

도착한지 몇분 안되어, 모든 자리가 찼고
나중에 안 사실이지만, 여기 있는 모두가
같은 SN, RN으로 각 지역에서 오셨는데요
심지어 제주도 까지! 전국의 간호인들이
한자리에 모였습니다~
기분이 묘하게 흥분되어요

지나가시던 이쁜이 간호박사님과
찰칵!

...
간호박사님...
허리가 참...
가느시네요...(저보다 훨씬)

42 코이 간호과생 그림일기

행사가 시작되어 위원분들의 인사와
소개가 시작되고 오늘 우리가 이 자리에
모인것을 모두들 휴대폰 불빛으로
서로에게 반갑다고 환영을 했어용

반짝!

반짝

지난 대한민국의 간호 역사를 설명하고
앞으로 우리들이 만들어갈 간호미래에
대해서 영상과 일본, 미국의 간호협회장
분들께서 축사를 하셨어요

행사 마지막으로
초대가수 두분!

아메아메아메아메~

콘서트의 황제
김장훈! 입니다

열광의
토카니

오빠아아아아아아

다녀온뒤
기숙사

우우우

우와아
그래?

인지가?
오늘 심쿵지미터활용!
그리고 토즈하리 커서님들 오고
유라 양말도 받았다?

조잘

조잘

조잘

수면팩
바르는중

넌 뭐했어?

블리치 다시
봤엄

정원수가 차서
못갔다.

아...음 그래

문득 발견 (1)

과제를 하다가
문득 ...

찰칵   찰칵

셀카를
안찍은지
오래되서
찍고 놀았어요

그리고 문득
정수리를
찍어보았는데

문득 탈모초기증세가 보이는
제 머리깔을 발견했어요

어쩐지!
요즘 머리칼이
차분하다더니!
숱이 없어서 였구나ㅠ-ㅠ

문득 발견 (2)

Q. 탈모초기같아요
어쩌죠?
A. 잠좀 자고
영양보충하세요

걱정되는 마음에
인터넷에 조언을
구했어요

자는거야
뭐! 내일부터
11시에
자야지!

지금 시각
새벽 2시

다음날 미생물학

오랜만에 과제를
낼께용! 다음주까지
법정 감염병에 대해
레포트 제출
하세용

그리고
3일동안
새벽 3시에
잤습니다
(11시는개뿔)

3일간 불태운
리포트!
무려!
62장이길래
그냥
제본까지
떴어요!

딴애들은
100장 넘어

시험 채점 (1)

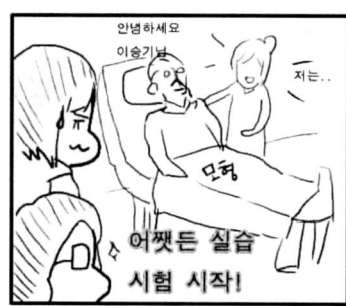

시험 시작과 동시에
매의 눈이 발동 ㅋㅋ

시험 채점 (2)

으잉... 미안 ㅇ-ㅠ

드디어! (1)

드디어! (2)

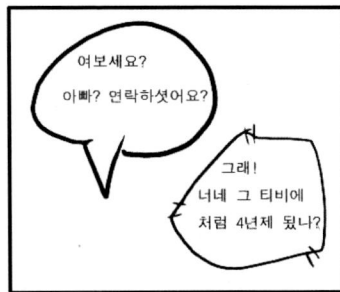

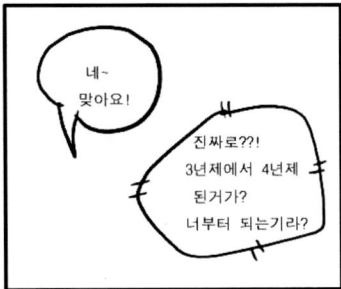

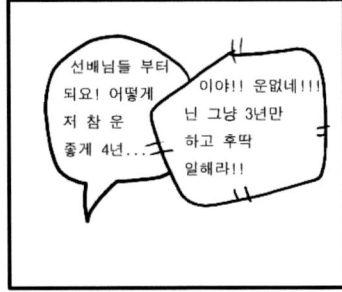

... 농담이래요 (웃음)

방학 (1)

일주일동안 술 절임되기

만화책 32권
그외40권

책 40권 정독하기

엉~
엉~
너무 좋아

전기매트에서 늦잠자기

기숙사는 전기제품 ×

너무 행복하다

... 방학 일주일 후 3kg 찌다

＃ 방학 (2)

이번엔!
꼭 알바를!
이왕이면
병원알바를
해야징!

아, 저기..
알바생 구하세요?

어~ 음 아니요
일할 사람 워낙
많아서요

간호과
학생인데

뭐 그래도 쓸일은
별로 없는데~
정 하고 싶으면

......

점심은 제공하니까
한달에 20만원 받고
일할수 있으면 연락해요

으이아일아???!!
그치만..경험은
돈주고 살수 없지!

그래 그냥
봉사활동
한다고
생각하자!

ㄱ
ㄴ
ㅇ

......
한다고 연락했는데 3일째
연락 없었음

결국 동네 치과에서
보조 알바를 구했쪄여 ㅇ_ㅠ

수업 (1)

똥누다가 쓰러진 교수님을
따님분께서 극적으로
살리셨다는 이야기...

수업 (2)

예전에 어느 한 대학병원에 실습 나온 학생들이 점심시간에

서로에게 실습연습을 하는 것이 매우 보기 좋았습니다

그러니 여러분들도 지금 배우는 실습을 서로에게 꼭 연습해보도록 해보세요

관장
회음부 간호 (현 실습)

못해요 교수님!! 그런건!!!

엄마야

모형도 충분해요

왜? 어차피 다 똑같잖아

으아악ㅋ 그래두 시려요

1학년
53

\# 부모님 건강 (1)

뭐,뭐라고?

엄마 당뇨병있구 이빠는 고지혈증 있으니까.. 너도 조심하라구.

이제 우리 딸래미가 어른이니까 말해주는거야 알지?

그걸 왜 하필 동생 생일 케익 먹는 날에 말해주는거야!? 먹지말라는거냐아아아??

한개만 더 먹을랫!

안돼! 엄마!

엄마 건강 걱정해주기

부모님 건강 (2)

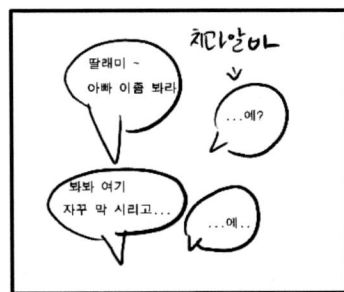

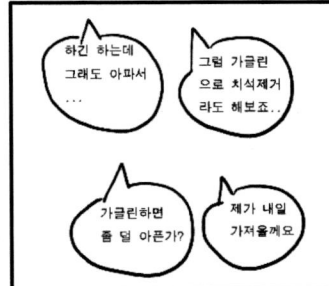

혼자 대견

2학년 코이
간호과생
그림일기

전공과목을 배우며 실습의 시작을 알리는 나선식(나이팅게일 선서식)을 받았다. 촛불은 손가락으로 꺼야 제맛이라는 교수님 말씀에(우리가 너무 긴장해 있어서 농담으로 하신 말씀이었던 것 같다) 다 같이 엄숙했던 그 행사장에서 정말로 손가락으로 촛불을 꺼야 하는 줄 알고 서로 쩔쩔매는 모습에서부터 첫 실습지에서 간호사 선생님께 정말 간호사와 같이 대해주시며 나를 혼내고 가르쳐주신 여러 선생님분들이 지금도 눈에 선하다.

실습하면서 가장 힘들었던 것은 '아무것도' 하지 않는 것이었다. 요즘 학생들 사이에서는 학생들에게 신경 써주지 않는 간호사를 일컬어 '병풍 취급 받고 왔다.'라고 표현한다. 그때는 간호행위를 할 때마다 따라다니게 하고 관찰시켜주지 않았던 간호사 선생님께 서운했지만 지금 생각해보면 누가 꼭 손잡고 따라다니게 하지 않아도 그 환경에서 눈치껏(?) 주어진 실습시간 동안 알차게 보내는 방법을 스스로 찾아보지 않는 '학생 간호사'에 대해 '실습에 관심이 없다'라고 생각하게 된다.

실습에~ 과제에~ 시험에!
정말 정신없었고 그때 한창 '핫식스'가 유행이어서 한 달에 한 박스를 챙겨 먹었던 것 같다.
새벽 두 시가 되어도 불이 꺼지지 않았던 기숙사에서 조금씩 간호사가 되는 나의 모습을 상상해보며 두근거리던 나날들이었다.

개강 그리고

첫 개강 수업을
시작하기 앞서

모두들 방학
잘보냈죠?

모두들 건강한
모습으로 다시
강의실에서 보니
좋네요

와~

교수님 피부 좋아지셨어요!

안녕하세용

오티만해요~

… 자! 그럼 바로
다음주에 제출해야할
과제에 대해 설명해줄께요~

REPORT

교수님! 개강 첫날인데용!?

으어어 첫날부터 과제

으악!!
거짓말이죠?!

+실습때문에 그렇답니다(웃음)

개강 일주일 후 그리고...

+실습기간이라서 그래요(웃음)
중간, 기말고사를 준비할수있는
기간이 짧다

치과 알바 (1)

치과 알바 (2)

+먼발치서 저를 보셨대요ㅋ

치과 알바 (3)

3분후

+그후로 원장님께서는 환자분들게 실행하는 모든
처치를 체험하게 해주셨다..(틀니 본 뜨는 것까지ㅋㅋ)

채혈... 그 차이

+기숙사 건강검진때 있었던일ㅋ

실전!

SIM 실습

+통증을 느낄수도 있으며 실제사람과 비슷한 인형

+조심히 다뤄야하는 남자!

구두 시험

동아리 활동

CCC_기독교 동아리
매주 모임 만들기

모임에
좀 나와라
쫌!

윙

에..
교수님
후원♥

1학년

화이트 엔젤_전공동아리(간호과)
실습실 비품 정리

으엑
관장젤리
묻었어!!
기분나빠!

언론사_신문부
학기 신문 취재및 정리

학생들에게
설문조사를..

으아아~
못해 그런거!!
때려쳐!

핑

그리고 내일
쪽지 시험

...
내일 당장
죽어도
안 이상할것
같다 ...

+그치만 재밌어요 ㅋ

언니

+ ㅠ-ㅠ눈을 보고 혼낼수가 없었ㅆ...ㅋㅋㅋ

성인간호학 수업시간

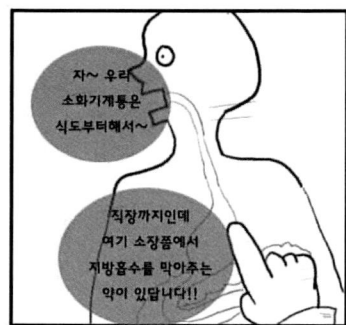

+그래서 그 약이 뭐냐면요...(ㅋㅋ)

반복학습

+반복학습의 효과는 대단해요!

지역 실습 - 보건진료소 (1)

차한잔의 여유와 맛있는 다과

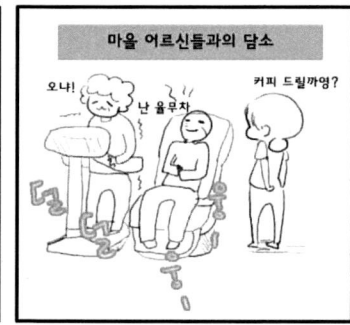

마을 어르신들과의 담소

오나! 난 올무차

커피 드릴까영?

건강증진실 기구 무료 체험

어~ 좋다

시원해!

크흐! 이게 바로 꿀이지~!

자자~ 어르신과 체조하러오세요

진료소 소장님

+알고보니 모든 실습지중 제일 학생들이 좋아하는 곳이라고 하더라구요 ㅋㅋㅋ

지역 실습 - 보건진료소 (2)

소장님께서 정해주신 독거노인분들을
1차적으로 방문후 2차로 가기 전에
당뇨와 혈압이 있으시다는 말씀을 듣고
그에 대한 유인물을 만들어갔다

당뇨,고혈압에
좋은 음식

할머니..이거 냉장고에
붙이고 보세요

에엉~
뭐 이런걸 줘!
학생가져가~
파스나 좀 줘

어...음
이거 보건소장님께서
주신거예요
(거짓말)

그래!?

여기여기~
설거지할때 보게
천장에 붙여봐!

냉...

냉장고는
너무 낮으니까~

+선의의 거짓말? ㅋㅋㅋ...

지역 실습 - 산업장 (1)

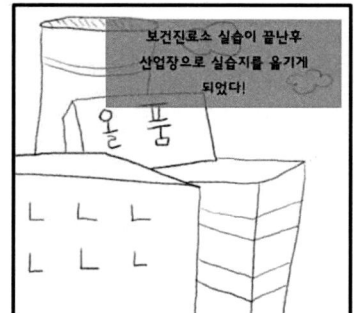

보건진료소 실습이 끝난후 산업장으로 실습지를 옮기게 되었다!

+ 올품은 닭고기 전문 생산 공장

우우 벌써 내가 닭이 된거 같아..

삼시세끼를 모두 삼계탕으로 준다던데.. 사실일까?

잠시후
(걱정했던 점심시간)

맛있다!

우와! 일식,한식 고를수있어!

식사후 올품 직원분들의
건강체크(혈압,상담), 간단한 체조

으쌰

으쌰!

+.. 염려했던것과 달리, 재미있었어요

지역 실습 - 산업장 (2)

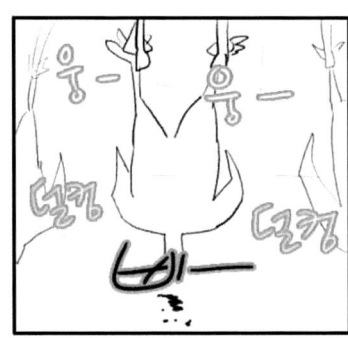

+한 며칠동안은 닭을 못먹었어요...(농담)

지역 실습 - 보건소 (1)

+힘내세요! 가정방문사님!

지역 실습 - 보건소 (2)

오늘 한타 바이러스를 예방하기 위해서 군인들이 오니까

체온 좀 재어주세요

네넹

자~ 주사 맞기전에 체온측정할까요 군인아저..

어.. 네...

예방접종

이름: - - -
주민 : 92 - - -

씨이이이.. ...??!! ??!?!?

?

…

이제 군인 아저씨 시절은 끝난거구나!!

＋저도 92년생ㅋㅋㅋ...이젠 군인동생이..

나이팅게일선서식

그날 가장
생각 났던건 ..

이틀밤 줄줄 외웠던
나이팅게일 선서문도 아니고
다음날 있을 쪽지 시험도 아니고

나선식은 실습 가기 전에 합니다

그때 가장 생각났던건
시간이 흘러도 변치 않기를 바랬던
그날 순백의 정신!

+으앙 시간이 벌써 그렇게 되었어요

성인간호학 실습지 방문

대학병원 방문!

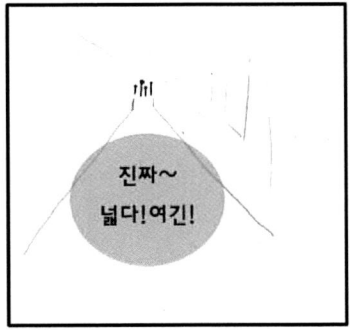

+ 실습 시작한지 일주일후에서야
자리를 익힘

\# 성인간호학 실습 - 하루종일

학생간호사입니다!

+죄송해요 선생님...알콜솜에 취했었나봐요

무서운 할머니

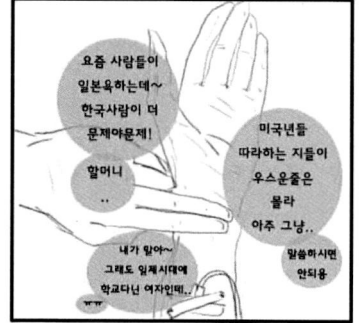

+100살 넘으신 할머니래용~

arrhythmia

+부정맥을 처음 잡아봐서...(^^;;)

실습생 자랑

+ 많은 실습생들이 왔다가는 곳에서
선생님께 자신의 이름이 한번이라도 불려보는것이
얼마나 기분 좋은 일인지 몰라요!

다른 대학 실습생

처음에
다른 대학교
실습생을 만나면 ..

김천 과학대

계명대

실습이 끝나가면
서로의 이름을
부를 정도로 친해집니다~
그리고 그들 모두
공통적으로 보이는건 ..

대구보건대

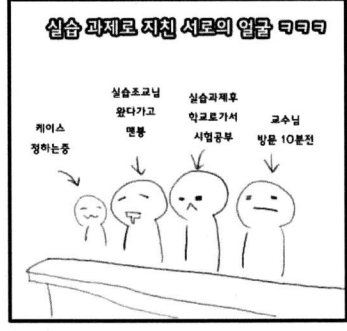

실습 과제로 지친 서로의 얼굴 ㅋㅋㅋ

케이스
정하는중

실습조교님
왔다가고
멘붕

실습과제후
학교로가서
시험공부

교수님
방문 10분전

+ ㅠ-ㅠ

정맥 주사 (연습)

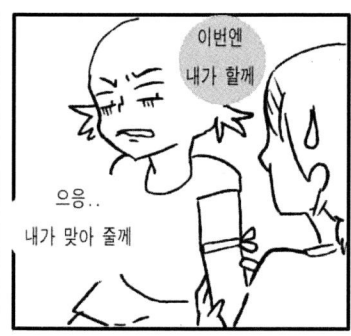

평소 욕 안하는 친구였는데..ㅋㅋㅋ

정맥주사 실습 시험

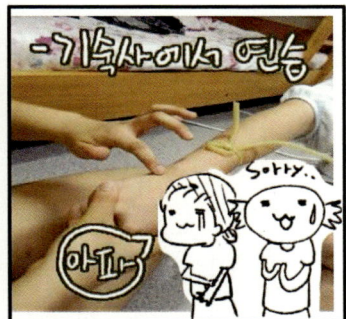

다음엔 기필코 ㅠㅠ

흔한 실습생 대화

한학기에 6주동안 실습을 떠나죠~

시뮬레이션 실습!

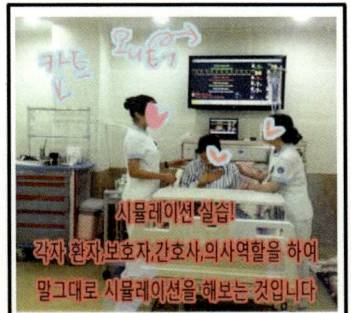

시뮬레이션 실습!
각자 환자,보호자,간호사,의사역할을 하여
말그대로 시뮬레이션을 해보는 것입니다

그리고 실습 후에는 브리핑룸에서
아까 했던 실습을 동영상으로
피드백해볼수 있습니다

자기 조 뿐만 아니라
다른 조의 실습활동 또한 볼수 있지요!

자-
여기서 살펴볼수있는
간호문제는 ...

기침 연기를 좀더
연습할껄 그랬구!!
다른 조 환자가 더
리얼했어!

재밌습니다ㅇㅋㅋ

교수님 폭주

낑...힘내세요 교수님...ㅜㅠ

실습 수업 끝!

모두 수고하셨습니다!

ER (응급실) 실습

네뷸라이저

호흡기 치료할께용!
10분정도해야해요

네~

조금만
참아!

엄마
여깃네!

어라
뭐라고
말하는것
같네요

어머나~
아직 엄마
소리도 못하는데!

역시 인간은 두려움속에서
성장을..ㅋㅋ

바쁜 ER (응급실)

정신없지만 재미있었습니당

아기 맥박

맥박

pulse : 성인 60~100회, 1세 미만
120~160회. 공부좀 하고 갈걸 그랬네요

무슨 말이 필요해

아기도 울고 엄마도 울고 아빠도 울고...

무제

하마터면 눈물 날뻔했네...

새로운 실습

그렇더라구요

간호사

간호사 선생님께 여쭤보고 올께요
진정해요!! 다들!! ㅠ-ㅠ

이럴때가 제일 슬퍼

점심 못챙겨 먹을때

문득

낸시랭은
고양이

실습생은
혈압기

장미란은 역기

거기하고
우리 침대도!!!

실습생은
배드메이킹

네네!!
금방갈깨요

문득 들었던 생각ㅋ

차이

ㅠㅠ 인심의 차이가

양쪽에서 태클

환자도, 실습생도 힘든 혈당체크

베개 시트

우...우리동네에서는 다
알아듣던데요 뭘.... =/=

럭키!

부침개

혈당 체크 좀 할께요

언제나 조용하신 한 환자분

이분이 날 맨날 봐주세! 자 한입해요!

으브 감사합니다

어느날 자녀분들께서 찾아오셨죠

어제 부침개 맛있었어요!

그쵸? 걔가 며느리가 못하는 게 없는데 내가 전화로 부침개 먹고 싶다고 했더니....

앞으로도 방문 자주해주셨으면 좋겠다

장루주머니

콜 받고 뛰어 왔더니 ...

처음보는 물체였지만 무엇인지 알겠갑네요

엥??

보고만 있어요? 빨리 비워줘요

교육 받으시지 않았나요? 이거 스스로 ..

호형 이상해서 손도 못 댄다구요!

...잠시만요 간호사선생님 불러올께요

엄마 뽀뽀는 약 뽀뽀

이상하게
생긴 아기다

여기 엄마있어
왜 울어?
뽀뽀해줄까?

빨리 치료받고
집에 가자

쪽

엇! 웃네?

까르르

목청소만하고 집에가서
코~ 하자~? 응?

자연분만

자연분만 보면 밥 못먹는데...

진짜?

자자 머리 보입니다

엄마! 힘줘요!

실제로 보게 되었습니다

12시 10분에 여자 입니다 축하드려요

엄마...

무척 기분이 이상했습니다

\# 신생아실 & 산후조리원

올해는 아기를 많이 낳는구나~

우퓨퓨 울지마! 엄마가 모유주러 오신데~

으앙 앙

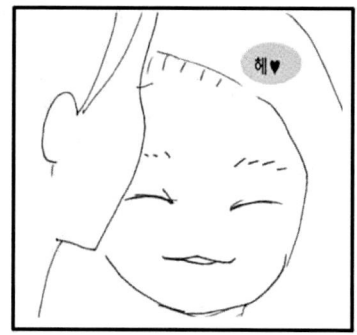

헤♥

쪽!

귀여워!!! 나도 아기 갖고 싶다!

안고만 있어도 힐링 되는 곳

뽀뽀하면 안됩니다 --;

오빠랑 여동생

스무듀쌀이 하는 왈

전 빠질게요

Abortion

문제집 (1)

문제집 (2)

나 이번에 사는데 같이 보자

그냥 문득 드는 생각인데...

기출 문제집에서 시험문제
출제하실꺼면

미리 알려 주고 모두 구매
할 수 있도록 했으면 좋겠다

괜히 돈 날리는 거 아닌가
싶어서 안사면
나중에 시험에서
이 문제집에서, 저 문제집에서
문제가 나왔다고
소문이 나면

아무것도 사지 않고 공부한
사람은 너무 억울하기 때문이다.

물론! 전공서적으로 바짝 공부하면
어느 문제집 문제든 다 맞출수있겠다만ㅋㅋ

3년제? 4년제? (1)

3년제? 4년제? (2)

3학년

코이간호과생그림일기

　내가 다니는 학교가 3년제에서 4년제로 바뀌게 되어 우리가 3학년일 때 1학년으로 들어온 신입생들은 무조건 4년제이고, 우리에게는 선택권을 주었다.

　그 당시 나는 전문학사와 학사의 차이를 그다지 크게 생각하지 않았고, 무엇보다도 책상에 가만히 앉아서 또 1년을 보내야 한다는 생각에 차라리 몸으로 고생하자는 생각으로 3년제 졸업을 선택하게 되었다. 친구들과 교수님의 만류에도 졸업반을 선택하게 되었다.

　그리고 실습도 막바지에 다다르면서 우리에게 닥친 시련!
　졸업시험!(이런 제도가 있는 학교도 있고~ 없는 학교도 있고)
　말 그대로 졸업과 관련된 시험으로 성적에 포함도 되고, 합격을 못 하면⋯ 졸업을 못 하고 또 1년을 재수(?)해야 한다는 무시무시한 시험이었다.
　동시에 나는 국시(간호사국가고시)를 준비해야 하는 상황이어서 이때 1, 2학년 때 안 샀던 문제집을 출판사별로 구매해서 열심히 보았던 것이 기억난다.
　그리고 동시에 여름시즌에는 병원 면접을 보고 조기 취업하는 방식이 있어서 진로는 비록 부모님께서 정해주셨지만 직장만은 내가 정하고 싶어서 열심히 찾아보고 뛰어다니고 했던 3학년⋯.

　이때가 가장 시간이 빠르게 지나갔고 친구들과의 이별도 빨리 다가왔다.
　그리고 국시를 위해 기숙사에서 눈이 오는 날에도 뽀득뽀득 눈을 밟으며 언니들과 학교로 올랐던 풍경은 지금도 잊히지 않는다.

식사요?

*외과병동입니다

이럴때 싫어!

청진기 낀채로 어디 부딪힐때

챙!

!!!!!

?

액화체온 재는데 축축할때

칭..겨땀

폐기능검사 심장 초음파 매점 MRI

내시경 CT

? ? ?

막상 환자 모시고 나왔는데
검사실 어딘지 모를때

간호사쌤이 몇학년이냐고
물어보실때

3학년인데
아직도!!!!
행동이 그러면
어쩌니?!

핑..

이럴때 곤란해

요즘 아이들

* 케이스 스터디 : 실습나온 간호과 학생들이 학교에서 배운 질병을 토대로 임상에서 관찰한 것을 비교 분석한 과제물입니다

요즘 애들 참 똑똑한것 같다

학생! 들어오지마!

* 인수인계 후 학생간호사는 정해진 병실의 액팅 간호사를 관찰할 수 있습니다.

[잠시후]

...미친척 하고 왜 그러시냐고 여쭤볼 걸... 병동실습끝난지 꽤 됐는데 왜 그러셨을까 하고 계속 생각난다ㅋㅋ

신기해

[집(숙소)로 가는 중]

김천과학대   문경대

죄송해요

우리 아드른
으데러 간녀?
%@#$#??
*%$#@@#!!

서김!서김!어드러 간녀?
*보호자분 어딧냐고 말씀하시는듯

혹시나 급한 문제일까 봐,
긴장하며 들어서 한참을 그렇게
할머니와 실랑이를 했다

간식 (1)

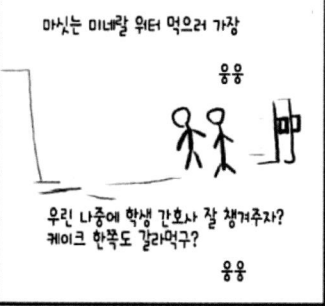

먹을 것 앞에서는 왜 이렇게
이성적이지 못한건지...ㅋ

간식 (2)

실습끝나고 집에 온지 일주일
만에 다시 생각남

시크한 걸? (1)

사실 조금 삐졌어요 (ㅋㅋ)

시크한 걸? (2)

시크한 걸? (3)

크론병 알아?
내가 그건데
불치병이래

그래서
먹을것도 잘
못먹고 기운도 없다
별별 치료법 다 쓰고
있긴 한데..

내가 저 나이땐..
친구들하고 미친듯이
분식먹었는데..

학교는
나중에
복학해야
할거 같아

그리고
과체중
ㅋㅋ

그..래..서! 내가 시크걸 그린
캐릭터랑 정수기종이컵에
초콜릿 넣은 선물 준비했지롱

와!
잘그렸다

[잠시 후]

어..어쩌지 맥박이 마구
뛰는거 같네! 왜이러지?

이리와!
나랑 같이 가자!

구경
할래
ㅋㅋ

결국 줬다

시크한 걸? (4)

[집(숙소)가는길]

너무 놀래서 그랬다 >-<

조언

과제 어떻게
해야할지 모르겠어

응?
레포트 말이지?

그냥 인터넷에서 ctrl C, V 안하고
책에서만 착실하게 찾아도 점수 잘줘!
서툴러도 학생다운 레포트가 중요하지~

그리고 참고문헌은 꼭 적어야하고!
적는법 알아둬! 그리고 이왕 쓰는거
사진자료 활용하면 보기좋고!

하지만 레포트의 방향을 잡지 못하면
다 소용없지! 확실하게 파악하고!
정안되겠으면 교수님께 SOS하고
교수님께 문자보내는 방법은...

아직 해줄말 많아ㅋㅋㅋ

어?

왜 자꾸
쳐다보지..?

반쯤

(동아리 활동중)

2학년

저기..
선배님

어?!
예?!

제가 간호과
올리려고 할때
봤던 게 있는데요..

?

혹시 블로그 하세요?
간호과 만화인데
딱보니까 선배님 같아요

으아악??!

신기방기 어떻게 날 알아보지?

인연

[시스터 정해진 날]

엇!?

아 선배님!

내가 보던 문제집이야~필요할테니 참고해!

고맙습니다!

[며칠후]

선배님 드릴것 있어요!

와! 고마워! 이쁘다!

찬이야 우리 친하게 지내쟝ㅋㅋ

교직실습

안줄꺼야!

교장쌤부른다길래 조금 긴장...ㅋㅋ

보건수업지도안

다음날

다 다음날

등교거부

다시 학생으로 돌아갈래 ㅠㅠ

혼자가 아니야

빼꼼

아무도 없지?

담배의 대표적인 나쁜 성분으로는 3가지가 있는데 ..

금 연

[방과후 빈교실에서 보건수업 연습중]

그것은 바로.....응?

빼꼼~!o

으아아아앙 진짜 부끄러워 !!!

어디까지 본게냐! 요녀석!

공개수업

으앙, 교수님 오심

정신없던 보건수업

수업끝

저는 재미있었어요..저는..ㅋㅋ

얼레리 꼴레리

점심 맛있게
먹었니?

네~
맛있었어요

쌤은 언제까지
학교 와요?

다음주까지!

저게 말로만 듣던 교생♥학생!?

얼레리꼴레리!
너 쌤 좋아하지?
그렇지!?

아!쌤!
아니예요오오!

푸헤헤
보건쌤한테
말씀드려야지!

기뻐!

자자! 호신용
호루라기
다 받았지요?
그럼 안녕!

2차 공개수업 '성폭행예방'

왜왜왜!?
또 이상한 질문 하게?!

선생님!
쌤!
있잖아요!

선생님!
또 수업 언제해요?
재밌어요!

역할극/또할래요!

아유! 이뻐라!
재밌었쬬?

4주간의 고행이 싹! 날아갔어요

아동간호학 공부중

학령기전 아동들은 대게 자신에게 조그마한 상처가 생겼을때

그 상처가 자신들에게 치명적이지 않다고 설명을 해주는것 보다

밴드 하나만 붙여줘도 위안을 느끼며 그것을 소중히 여긴다.

우와~ 어쩜 이리 공감될까나

밴드에 뽀통령이 붙을 경우 치유력 100+ 상승!

힘내야지

어우우
공부힘들다

빨리 공부 그만하고
일하고 싶다!
움직이고 싶어!

야! 사회나오면
학교가고
싶어진다!
(사회인친구)

돈 걱정안하고
공부해보고
싶어!
(대학준비친구)

펜 질수 있을때
열심히 하자!

펜을 놓게 되었을 땐!
피터지게 일해야지!

이럴수가

조증환자 김OO(45세)는 항상 분주하게 병동을 돌아다닌다.

그래서 몸무게가 일주일에 5킬로가 빠지고 입술도 텄다.

이러한 환자의 간호중재는

돌아다니면서 먹을수 있도록 주머니에 간식을 넣어준다.

"조..좋은 간호중재다!"

어느 모 문제집에 나온 거에요ㅋㅋ

번개취업지원

개원 3년 ~ 일본연수기회
무료기숙사 ~ 여러 복지 혜택 등등

널스케입보는중
(간호사취업사이트)

다음날

아빠엄마!!
딸래미 부산으로
조기취업할랍니다!
허락해줘여!

뭐!?
언제까지
접수하는데?

000~ 내일!!!!!

며칠 후

교수님!
저 취업할 병원
정했어요!
이력서 봐주세요!

뭐야!? 언제까지!!?

오늘까지!

얘들아! 면접보러
갔다오께!

뭣!!?
진짜냐!!?
어디가는데!!?

폭풍의 취업준비생...이랄까★

초긴장

덜 덜 덜

괜찮아!
떨리지않아!
마인드
컨트로로오
ㅇ..

윤영미씨?

넵!!!

뭐 좀
마실래예?

간호과장님과 1대1 면접

네네네네네?,?,?
ㅁ..마실거요?

커피?
쥬스줄까예?

네!!쥬스주세요!!

예상치 못한 질문에 초당황

지원하고 싶은 부서

지원하고 싶은 부서가 병동이랑 응급실이네? 와 여기로 선택했어요?

그건 제가 실습해 본 부서가 그쪽이기 때문입니다.

응? 중환자실은 안가봤어요?

네에..

보아하니 생긴건 딱 중환자실 스타일이네! 어때요?

전문부서에서 경험 쌓아두면 좋아예~

네! 좋아요! 중환자실 가고 싶습니다!

합격 먼저 시켜주세요. 엉엉ㅠㅠ

결과

[1시간뒤]

수고했어~

응응! 배고프다!

합격자 발표는 언제나와?

합격했쪄!

뭣?벌써?!

웅! 이제 국시에만 전념하면 되지룽!

* 국시 : 간호사 국가고시 (면허증) 시험

쵸밥쵸밥!

이야~ 축하의 의미로 회전초밥 먹자꾸나

공부 열심히 해서 찰싹 붙어야지!

결과보고

아빠! 저 합격했어요!
이제 국시공부만
열심히하면 되요!

뭐!? 합격?!
니가?
말도안되는
소리마라

진짜가?
일단 부산간 김에
맛있는거나
먹고왓!

뭐라서?

모르겠다...?
좋아하는거여
화난거여?

카톡!

지금 생각해보니 저 말에 나도
감동적인 카톡날렸어야 했는데.--"

면접후기

[취업캠프]
너 병원 면접 봤다며?
어때?
뭐 물어봐?

여러가지 많이 물어보셨는데 제일 기억나는게
인슐린의 약에 대해서 물으셨어

아이~ 근데 아무리 생각이 안나더라고!
성인간호학 내분비계, 안 배운것 같아서
2학기때 배울것 같다고 말씀드렸지!
나중에 병원들어가면 확실하게 다시 물어보신다고 하셔서 이제부터 공부할려고~!

아이! 그렇게 말하면 어떻게!
윙!?
우리 그거 약리학시간에 배웠잖아!
속효성, 중간형 이런거~몰랏!?

우리학교엔 천재들만 있는 것 같아...
어쨌든 열심히 공부해야징...

위기

[중간고사 후 성적발표]

어?? 12점?
등수가 아니라?
이게 무슨 숫자야!!
말도안돼!!
여성간호학!!
여자인데도 모르겠어!

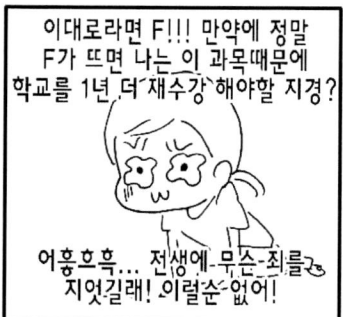

이대로라면 F!!! 만약에 정말
F가 뜨면 나는 이 과목때문에
학교를 1년 더 재수강 해야할 지경?

어흥흑흑... 전생에 무슨 죄를
지엇길래! 이럴순 없어!

흑흑

흐흑흑

우리 힘내자!!
기말고사때 기적을 일으키자!!

목표는
D!

결과는 씨플! 여태껏 씨플에 이렇게
만족하고 감사했던 적이 없었다ㅋㅋ

drowsy

데이근무 - 7:30~
인수인계시간
[간호사실]

우웅..
졸령

커..

쟤 드라우지하네?
ㅋㅋㅋ
(어디선가 들려온 목소리)

화들짝!!

으으!
부끄러!
서서 인계들어야지!

OOO님은 어제
잘 주무시고..

제 생각엔 뒤에 계시던 간호사쌤
이 말씀하신듯..ㅠㅠ"

순이야!

순이야!

..네?!

내 오래된 별명을 그날 처음 본
할머니께서 불러주셔서 놀랬다

넌 참 순하게
생겼고나~

순이야!
이리와서...

이것좀 풀어줘!!

아..안돼요! 할머니

이년아!
풀어달라꼬
오오오!

이번 실습은 정신병동..
*할머니는 낙상예방으로
억제대를 적용하시게 되었어요!

생각 (1)

맨날 생각하는거지만 ...

할머니 안녕하세요

아이구~ 힘도없고 피도없는데! 한꺼번에 다 빼! 간지! 왜 맨날 쪼금씩 찌르러 오노!

피 안보고 당뇨검사를 간단하게 할수있는 방법이 빨리 개발되었으면 좋겠다

윙..따끔해요!

레이저 주사법 개발된다던데 어떻게 됐으려나...

생각 (2)

맨날 생각하는거지만 ...

오전 중에
어느 병원에서든
등장하는
노란 아주머니!

요구르트

으아! 나도
먹고싶다아!!

우유
주세요!

이상하게 밖에서 보면 안끌려요ㅋㅋ

자기의 일은 스스로

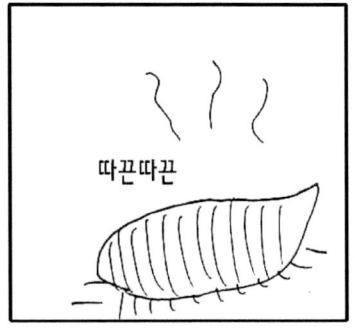

따끈따끈

[병동복도]

어?

바지 밑으로
무언가 나옴

응가!!?
어쩌지?
화장실로
모셔야하나?
걸레
가져올까?

어..?

주머니에서 휴지꺼내심

대처능력이 뛰어나시네요...

실습

비콘 베네스트 라는 곳에서
실습을 하게 되었습니다.

이곳은 정신과 재활 센터로 '환자'라는
명사에 익숙한 저희들에게 '회원'은
색다른 의미로 다가왔습니다.

?

네

회원님~
오티좀해주세요

회원들이 직접 센터 운영에
참여하고 실행하는
이 곳은 처음엔
어려웠어요!

누가 회원님이고 누가 사회복지 실습생이고
누가 봉사활동자이고 누가 직원인지 ..

remember

저는 조현병인데~ 선생님 나이때 병원에 갔던것 같아요!

그때 참 힘들었는데..

자신이 병에 걸렸을때가 생각이 나세요?

물론이죠!

정신병은 무의식에서 오는 줄 알았어요!

그때 부모님께 많이 못살게 굴었는데 이제 일자리도 구하고 사람되야죠!

쌤이라면 할수 있을꺼에요! 화이팅!

고마워요!

꼭 취업되시길!

권유

쌤, 졸업하면 바로 간호사 되는거에요?

음.. 졸업도 하고 국시도 합격하면요

* 국시 : 간호사 국가 고시

어디 병원에서 일하고 싶어요?

아~ 저 취업 됐어요

아.. 그래요? 아깝네요! 우리 센터 오시면 좋을텐데

그러게요! ㅋㅋ ...음?

절 필요로하는 실습지는 처음이에요!

빈말 아니죠? 그쵸?ㅋㅋ

대다나다! 사복 실습생!

난 포항에 사는데~
대구에 친구집에서
지내면서
여기 실습중!

난 정신과쪽에
관심이 많아서
여기를 선택했어

(사회복지과 3학년)

우와! 좋겠다!
우린 그냥
가라는데 가는데

에이~ 우리는
전화도하고
면접봐야 실습
할수있어

난 너네가
부러워!

처음 실습하는데
굉장히 좋아!
정말로 나중에
이런 센터에
취직하고 싶어!

대다나다!! 너!!

진정한 실습의 참 보람을 느끼
고 있더라구요

동화된다아

회원분들 대다수는
'약' 때문에
멍때리거나 졸음등
음성증상이 나타납니다.

같이 있다 보면

멍

학생~ 침흘리네!

츄릅!!!!!!
정신차려!!

커피줄까?

치료도구

일반병원에서 학생간호사의 역할과
정신과에서의 역할은 차이점이 있어요

차트

정신과에서는 '간호사'자신이 치료의
매개체로서 활용 될수 있다는 것이죠!

하지만 그런 활동은 처음엔
많이 힘들지만

'뭐라고
말을 걸지?'

안녕하세요!   아!
                                 네!!!

시작되면 서로가 서로에게
힘이 되죠!

3학년
165

병원나가면 할일

정신병원 나가면
제일먼저 할일은..

뭔데요?

소지품에
내이름을
지우는거야

김영희

네?왜요?

사람들이
이상하게
보거든!

예전에 목욕탕에
간적있는데 내 물품에
이름이 다써있으니까 이상하게 보더라고

이번엔 정신병원을 왔어요!

정신병원에서의 실습생의 일과

난 윤탁구!

탁구치기

이거하고 저랑
오목해요!

그거
내 꺼야!

장이요!

보드게임

자! 파트너와
이제 여행을 떠나는 상상을
해보세요!

명상의 시간

으으! 너무 재밌쪄

쌤!
하세요!

이제껏 실습중에 제일 재밌었어요!

놀아줘요!

긴장감!

야이 XX년아!
니가 의사야?
・혈압을 재러
오라 마라야?

아침엔
다같이 나와서
혈압을
재셔야죠!

니 까짓게 뭔데!
눈 안 깔아?
XX!!XXX!!XX!

꾹!

읍읍!

꾹!

우와아

괜찮으세요?
저분 원래 그래요

싸다구가 아니라
다행이네요!

저번주에 학생간호사는 맞았다
고 들어서 잔뜩 쫄았어요!

귀여워!!

정신과 병동의 간호사실은
일반 병동과 다릅니다.

온통 유리막으로 되어 있고
환자가 간호사실에 들어올때는
서로 조심해야 합니다.

뿌잉   뿌잉

간호사 인수인계 시간에는
절대 환자는 출입 금지이기 때문에

귀여워!!

000님은
오늘..

가끔씩 장난을 치시는 분도 있어요!

보통 20살 남자아이가 안하는 애교
를 보니 그저 좋더군요 (웃음)

그녀의 사정

외출에 대해서
간호사선생님께 여쭈어봤어요!

보호자와 주치의가
동의하에
보호자와 동반외출이라면
가능하다고 하셨어요!

집에 무슨일
있으세요?

아뇨..그게
아니라

떡볶이가 먹고싶어서요 ..
저 이상하죠?

아뇨!전혀요!
외식으로
외출하는분
많아요!
괜찮아요!

폐쇄병동이었습니다.

\# 마음의 병

포카는 이렇게 치면 되요!

이건 풀하우스고요?

우와! 저도 던파했는데 75레벨이 만렙아니에요?

확장해서 85예요!

다들 이야기해보면 말짱해보이는데 왜 왔을까?

차트를 보니 그들은 보이지 않는 병에 걸려 있었어요

헤어지는 시간

마지막 날 모두에게 사탕을 선물했어요

그려! 꼭 훌륭한 간호사가 되어라!

할머니! 오래사세요!

으아~ 눈물날 것 같아!

에이! 별로요~

컨퍼런스 하러 가자!

흐규흐규

어느 실습보다 환자에 대한 애착이 남다른 곳이었어요!

2학기 시작

인사 (1)

일단 나부터 인사 잘하고...(웃음)

3학년

175

인사 (2)

인사 (3)

씨앗호떡!
마이쩡!

마트 갔다가
학교 가는 길

아암

안녕하십니까!

아!..안녕

시내에서도
인사를 하다니!
대단하네

호떡에 귀신 들린 것처럼 보이
진 않았겠지? ㅠ-ㅠ

잠깨는 법

으아! 아직 덜 봤는데
새벽 두시!!
졸려여어 ...

이럴때~
시끄러운 음악과 다리를 떨면 잠이 깬다!
(*정신없어서 머리에 안들어온다)

일상
OP

달달달

아니면
껌을 열심히 씹는다
(*입에 그냥 물고
졸 수도 있다.)

냠냠니얌냠냠

그것도 안되면 마지막 수단으로
친구와 수다를 떤다!!
(*시간 가는줄 모른다)

이도 저도 안되면 그냥 자야한다..ㅋ

정신차려!

그 말씀만은 제발...ㅠ-ㅠ

요즘 애들 키

벌써부터 허리가 아파온다

전화

어차피 지금 쥐여줘도 못푼단다

실습할때 앉아서 독서할 참이냐

간호 만화책 보다가

- 이렇게 생김 -

- 상상 -

취업해서 돈 벌면 꼭 사고 싶은 책ㅋㅋ
고양이 쌤이 좋아서 학교다닐때 많이
읽었어요

끌값

나이팅게일

축하해!!

벌써

-1차 2차
졸업시험

으아아!!

-중간고사

으아아!!

-3차 졸업시험
-기말고사

으아아!!

와! 방학이다!

엥?

전화

할머니가 응급실 가셨다

할머니 (1)

할머니 (2)

100일

여느때와 같던 기숙사

국시 100일 남았쪄!

국시잘치라고
준비했어!

자!
롤링페이퍼

우왕!
고마워

4학년 진학   3학년 졸업

국시 합격 기원 파티를 받았다

내년엔 내가 너희를 응원할께!

\# 겨울방학

겨울방학이 되어 친구들이
학교를 떠났다

*우리 학교는 의무적으로
기숙사에서 국시공부를 한다.

이제 나도 나의 길을 떠나야지

게임초대

잠시후

한 판만 하고 하려고 했어!

국시공부 유형

사은회

그동안 감사합니다 교수님!

하루일과

먹고

졸령

앉아서 공부하고

자고

뽕 뽕

또 먹고

같은 패턴의 3주 생활로
지식도 늘었지만
살도 같이 들어갔다.

눈물 ㅜㅠㅠ

국시 D-3

*외계어 아닙니다

* 법정감염군 이야기 중

정말 나에게 화가 났던 순간

D-국시

순식간에 지나가는 시간

지도교수님

그동안 병원에 계셨던 지도교수님을
오랜만에 만났다

출발!

총장님 말씀을 듣고

푹자고~ 화이팅!

네네네네게... 다..다녀오겠습니다

각자 교수님과 인사를 나누고

시험 전날, 호텔로 모두들 이동하였습니다

너무나 기다려왔지만 한편으론 다가오기 무서웠던 날!

다녀오겠습니당

시험전날 (1)

방마다 전달한다고 수고가 많았을 것 같다

시험전날 (2)

잠들기 전 방마다 교수님께서 찾아오셨다

아침식사

그런 깊은 뜻이...

출발!

정신이 번쩍!

1교시 시작

위기

아침도 먹지 말걸 ㅠ-ㅠ

고민

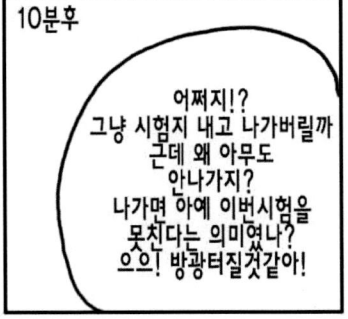

10분후

어쩌지!?
그냥 시험지 내고 나가버릴까
근데 왜 아무도
안나가지?
나가면 아예 이번시험을
못친다는 의미였나?
으으! 방광터질것같아!

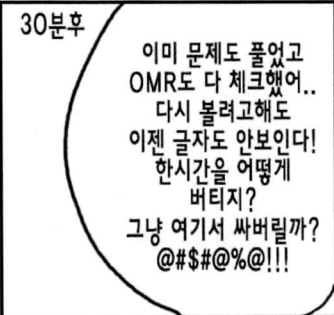

30분후

이미 문제도 풀었고
OMR도 다 체크했어..
다시 볼려고해도
이제 글자도 안보인다!
한시간을 어떻게
버티지?
그냥 여기서 싸버릴까?
@#$#@%@!!!

1시간후

이젠 아무 감각도
안느껴진다아..
걍 내년에 다시
시험칠까?
지금 나가버릴까?

힝 ~~~

지옥같던 90분

해방

남자 화장실이니까

탈출

2교시

점심시간

시험끝!

무사히
마지막교시를 마치고

반납했던 핸드폰을 받아서
학교버스에 올랐다

와글

와글

수고 하셨습니다

시험 잘쳤엉?

버스안

우리 학교가서
찜닭먹어요!

그래-
그래-

쩝 쩝

풀리는 긴장감과 몰려오는 공복감

#돌아가는 길

2시간 후

스포 당한 느낌

드디어 끝!

마지막

3년간 정들었던 기숙사에서 짐을 정리하고

bye

기숙사

새로운 출발을 위해 마음을 준비하고

섭섭해지면 어떡할꺼냐?

부산

딸내미~ 행동연장에 가봐~!

응~

몸도 떼면서 않해

사랑하는 사람들의 배웅을 받으며 또다시 도전을 하게 됩니다.

조금 떨리고 무섭긴 하지만 바다에 처음나온 코이도 이런 기분일것 같아요

얼마든지 성장할 수 있다는 기분!
왜냐하면...

고맙습니다

책으로까지 만들기 위해 다시 돌아본 '코이 간호과생 그림일기'는 지금의 나를 만들어주는 과정이기도 하였고 앞으로의 나의 간호사 인생에 큰 변환점을 가지게 해주는 계기가 될 것 같다.

똑똑한 간호사도 좋고, 미소가 아름다운 간호사도 좋지만 나는 사람들과 '공감'할 수 있는 간호사가 되고 싶다. 현재 우리나라에서 길 가다 보면 대부분의 여자들 다섯 명 중 한 명은 꼭 간호조무사든 간호사든 병원 일을 하고 있는 경우가 많다. 그만큼 늘어가는 인력에 비해서 아직까지도 '간호사'에 대해 잘못된 편견을 갖고 바라보는 사람들이 많다.

나는 사람들이 간호사를 자신의 딸이나 여동생 또는 누군가의 언니, 누나, 어머니 또는 친한 남자친구의 모습으로 '인간미' 넘치고 안심하며 믿을 수 있는 존재로 보았으면 좋겠다. 한 걸음 더 나아가 간호사가 세상을 살아감에 있어서 국민들의 질병을 예방하고 건강을 증진하게 시킬 수 있는 존재로 부상할 수 있기를 바란다.

사진첩

1학년때 교수님과 스터티그룹 공부중

교직실습! 모둠별퀴즈게임을 했더니
아이들도 나도 서로 정신없이 수업했다^^

CPR 교육중

공기좋고 사람좋았던 문경대(출처:은주찡)

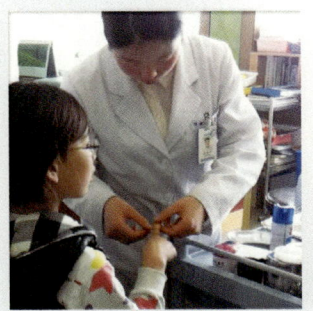

교직실습! 초등학교 보건실에서

국가고시 치기 전 나와 영란찡을
응원해주기 위해 대구에서 온 은주찡

기숙사앞에서 눈이 왕창내리던날! 오랜만에
애들처럼 놀고 다같이 기숙사에서 따뜻한 우
동을 먹었던것 같다

나이팅게일선서식!
새 실습복 쫙 빼입고 찰칵!

대학생때 주말이나 방학때면 알바를 했다.
가장 기억에 남는 문경새재 아르바이트

대한간호100주년!

도서관에서 혼자공부하다가 셀카본능이
깨어났다

보건실습! 6학년 금연교육

쉬는 시간에도 열심열심!

신문사활동중.
다른 대학신문 벤치마케팅하는 중!

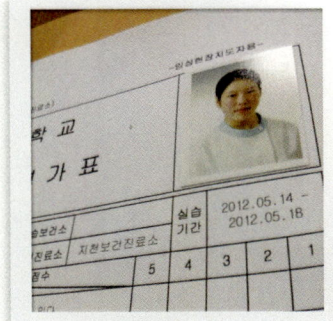

실습이 시작되었다!

사랑하는 나의 가족

우리를 울고웃게만들었던 언론사!
아직도 잘 운영되고있을까

이게 리포트야 책이야!!!(눈물)

임상실습 사례연구 워크숍에서 상을 탔다!
신난다

정신없던 나의 책상!
고양이를 좋아해서 잔뜩 붙여놨다

졸린 눈을 비비고 기숙사에서 학교로 올라
가는길~ 실습전에 시뮬레이션센터에서 교
육이 있는날이다

졸업사진찍는날! 9공주가 모여서 찰칵!

지역실습중 보건소에 의료폐기물 뚜껑
이 없길래 하나 만들어드렸다.

지역실습중 할머니 부엌에 붙여드린
건강문

첫신문 만들고 국장님이랑 신나서 한컷!

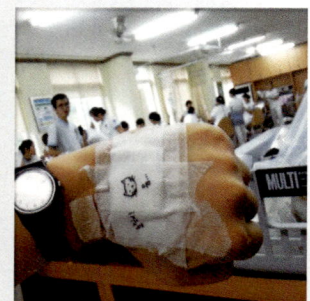

친구끼리 서로 정맥 라인 잡기 실습

하임리히법에 대해 자료를 만들고 싶어
서 인형을 모델삼아 해보았다

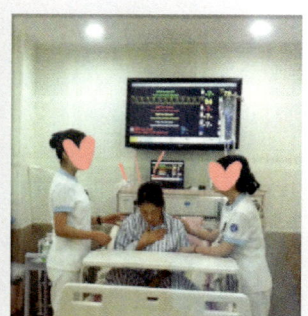

환자역할을 리얼하게 하고 싶었다

부록

간호용어

출처: 문경대학교 간호실습지침서 부록
(자료 인용 허락해주신 간호학과장님 감사합니다)

1) 투약용어

약어	Full term	의미
a.c	before meals	식전
aa	ana, of each	각각
amp	ample (ampoule, ampule)	앰플
amt	amount	양
AM	before noon	오전
aq	aqua	물
b.i.d	twice a day	하루에 두 번
Cap	capsule	캡슐
	with	함께, 같이
D.C	discontinue	중단, 중지
gtt	drop	방울
h	hour	시간
hr	hour	시간
hs	at bedtime	취침 시(간)
IM	Intramuscular (injection)	근육으로, 근육주사
IV	Intravenous (injection)	정맥으로, 정맥주사
ID	Intradermal	피내
Px	prescription	처방전
PM	afternoon	오후
PO	By mouth	구강/경구로
p.c	After meals	식후
p.r.n	Whenever necessary	필요할 때 언제든지
q	Every	매, 매마다
qd	Daily	하루에 한 번
qd, q1h	Every other day	매시간
q.i.d	Four tines daily	하루 네 번
qod	Every other day	이틀에 한 번
stat	Immediately (at once)	즉시
supp	Suppository	좌약
SC	Subcutaneous	피하
Tab	Tablet	정
TPN	Total Parenteral Nutrition	비경구영양

2) 상용약어

약어	Full term	의미
ABR	Absolute bed rest	절대안정
ACL	Anterior cruciate ligament	전십자 인대
AD	Auris dextra	오른쪽 귀
AI	Aortic insufficiency	대동맥판 폐쇄부전증
AIDS	Acquired immune deficiency syndrome	후천성 면역 결핍증
AML	Acute myelocytic leukemia	급성 골수성 백혈병
ARF	Acute renal failure	급성 신부전
AP	Angina pectoris	협심증
APN	Acute pyelonephritis	급성 신우신염
A&P	Auscultation & percussion	청진과 타진
AS	Auris sinistra	왼쪽 귀
AU	Both ears	양쪽 귀
BDR	Background diabetic retinopathy	비증식성 당뇨병성 망막증
BM	Bowel movement	장운동
BMR	Basal metabolic rate	기초신진대사율
BP	Blood pressure	혈압
BPH	Benign prostatic hypertrophy	전립선비대
BR	Bed rest	안정
CAD	Coronary artery disease	관상동맥질환
CABG	Coronary artery bypass graft	관동맥우회로 이식술
CBD	Common bile duct	총담관
C.C	Chief conplaint	주호소
CHD	Congenital heart disease	울혈성 심질환
CHF	Congestive heart failure	울혈성 심부전증
C.N.S	Central nervous system	중추신경계
COM	Chronic otitis media	만성 중이염
COPD	Chronic obstructive pulmonary disease	만성 폐색성 폐질환
CP	Cerebral palsy	뇌성마비
CPR	Cardiopulmonary resuscitation	심폐소생술
CRF	Chronic renal failure	만성신부전
CRPD	Chronic restrictive pulmonary disease	만성억제성폐질환
C/S	Cesarean section	제왕절개
CSR	Central supply room	중앙공급실
CVA	Cerebrovascular accident	뇌졸중
DAMA	Discharge against medical service	자의퇴원

약어	Full term	의미
D&C	Dilatation and curettage	경관개대와 소파술
DI	Drug intoxication	약물중독
DJD	Degenerative joint disease	퇴행성 관절염
DKA	Diabetic ketoacidosis	당뇨병성 케토산증
DUB	Dysfuntional uterine bleeding	기능부전성자궁출혈
DM	Diabetes mellitus	당뇨병
DNR	Do not resuscitaion	소생술 거부
D.O.A	Dead on arrival	도착시 사망
DOE	Dyspnea on exertion	운동시 호흡곤란
Dx	Diagnosis	진단
EKG	Electrocardiography	심전도
EDC	Expected date of delivery	분만예정일
f/u	Follow up	추후관리
FBS	Fasting blood sugar	공복시 혈당
FUO	Fever of unknown origin	원인불명 열
Fx	Fracture	골절
FHS	Fetal heart sound	태아심음
GB	Gallbladder	담낭
GI	Gastrointestinal	위장관
GDM	Gestational diabetes mellitus	임신성당뇨
HD	Heart disease	심장병
HD	Hemodialysis	혈액투석
HIVD	Herniated of intervertebral disc	추간원판 탈출증
IBD	Inflammatory bowel disease	염증성 장질환
ICH	Intracranial hemorrhage	뇌출혈
ICP	Intracranial pressure	뇌압
I&D	Incision and drainage	절개와 배농
IDDM	Insulin-dependent diabetes mellitus	인슐린의존성 당뇨병
I&O	Intake and output	섭취와 배설
IPPB	Intermittent positive pressure breathing	간헐적 양압호흡법
IUD	Intra uterine device	자궁내 장치
IUGR	Intrauterine growth retardation	자궁내 성장지연
L-tube	Levin tube	비위관 튜브
LC	Liver cirrhosis	간경화증
LCL	Lateral collateral ligament	외측부 인대
LLQ	Left lower(upper) quadrant	좌측하부의 1/4
LOM	Limitation of motion	운동제한
LMP	Last menstrual period	최종월경일
MCL	Medial collateral ligament	내측부 인대

약어	Full term	의미
NIDDM	Non-insulin-dependent diabetes mellitus	비인슐린의존성당뇨병
MG	Myasthenia gravis	중증근무력증
MI	Myocardial infarction	심근경색증
MRSA	Methycillin resistant staphylococcus aureus	메치실린 내성 황색 포도상구균
NG tube	Nasogastric tube	비위관
NPO	Nothing per oral cavity	경구투여금지(금식)
N/V	Nausea & vomiting	오심, 구토
OD	Oculus dexter	우측 눈
OS	Oculus sinister	왼쪽 눈
OU	Oculiunitas	양쪽 눈
PaO2	Oxygen partial pressure	동맥혈 산소분압
PCA	Patient controlled analgesia	환자 자가통증 조절
PCL	Posterior cruciate ligament	후십자 인대
PD	Peritoneal dialysis	복막투석
PDA	Patent ductus arteriosus	동맥관 개존증
P/E	Physical examination	신체검진
PFT	Pulmonary function test	폐기능검사
PH	Past history	과거력
PI	Present illness	현병력
PIH	Pregnancy induced hypertention	임신성고혈압
PID	Pelvic inflammatory disease	골반의 염증성 질환
PND	Paroxysmal mocturnal dyspnea	발작성 야간 호흡곤란
Post. Op	Post-operative	수술 후
Pre. Op	Pre-operative	수술 전
PT	Physical therapy	물리치료
Pt	Patient	환자
PTCA	Percutaneous transluminal coronary angioplasty	경피적 경활관 관상동맥 확장술
PROM	Premature rupture of membrane	조기파막
RA	Rheumatoid arthritis	류마티스 관절염
R/O	Rule out	가진단
ROM	Range of motion	운동범위
RIQ	right lower quadrant	우측하부의 1/4
RUQ	Right upper quadrant	우측상부의 1/4
SLE	Systemic lupus erythematosus	전신홍반성 낭창
Sx	Symptom	증상
TBc	tuberculosis	결핵증
T&A	Tonsillectomy and adenoidectomy	편도선절제술과 아데노이드절제술
THR	Total hip replacement	전고관절 치환술
THRA	Total hip replacement arthroplasty	전체 둔부 관절 형성술
TKA	Total knee arthroplasty	전 무릎관절 형성술
TKR	Total knee replacement	전 무릎관절 치환술
TOF	Tetralogy of fallot	팔로사징후
URI	Upper respiratory infection	상기도 감염
V.O	Verval order	구두지시

3) 의학용어

용어	의미	용어	의미
Abscess	농양	Asphyxia	질식
Abduction	외전	Aspiration	흡인
Abortion	유산	Asthemia	무력증
Acromegaly	말단비대증	Asthma	천식
Acute	급성	Ataxia	운동실조
Adenoma	선종	Antepartum	산전
Adduction	내전	Atony	이완
admission	입원	Atelectasis	무기폐
agitation	흥분, 불안	Atrophy	위축
Amenorrhea	무월경	Atrial septal defect	심방중격결손
Amelia	사지결손증	Autism	자폐증
Amputation	절단	Benign	양성
Anal fissure	항문 열상	Bladder distension	방광팽만
Anaphylaxis	과민증	Blood culture	혈액배양
Anemia	빈혈	Bone marrow aspiration	골수천자
Anesthesia	마취	Bulging	팽윤
Aneurysm	동맥류	Brain tumor	뇌종양
Anticoagulant	항응고제	Bradycardia	서맥
antiemesis	항구토제	Bradypnea	느린호흡
anorexia	식욕부진	bronchiectasis	기관지확장증
anuria	무뇨	Bronchiolitis	세기관지염
Ankylosis	강직(증)	Clinical history	병력
Aortic stenosis	대동맥협착	Cardiomegaly	심장비대증
Aortic dissection	대동맥박리증	Cerebral concussion	뇌진탕
Aphagia	연하불능	Cerebral contusion	뇌좌상
Aphasia	실어증	Chphalo pelvic disproportion	아두골반 불균형
Aplastic anemia	재생불량성빈혈	Cerebral palsy	뇌성마비
Apnea	무호흡	Cheyne-stokes respiration	체인스토크 호흡
Appendicitis	충수돌기염	Chemotherapy	화학요법
Arteriosclerosis	동맥경화증	Chicken pox	수두
Arachnoid membrane	지주막	Cholecystitis	담낭염
Artharlgia	관절통	Cleft lip(hare lip)	토순
arthritis	관절염	Cleft palate	구개파열
Ascites	복수	Contraction	수축
Aseptic	무균술	Coagulation	응고

용어	의미	용어	의미
Cardiomegaly	심비대	Drowsy	졸림
Colitis	대장염	Dysathria	구음장애
Convulsion	경련	Dysphagia	연하곤란
Colostomy	장루 형성술	Dysmenorrhea	월경곤란증
Confusion	혼돈	Ecchymosis	반상출혈
Congenital diaphragmatic hernia	횡격막 탈장	eclampsia	자간증
Conjunctivitis	결막염	Ectopic pregnancy	자궁외 임신
Connect	연결하다	Eczema	습진
Constriction	협착	Ecchymosis	반상출혈
Contracture	구축, 연축	Edema	부종
Corneal	각막	Embolism	색전증
Contamination	오염	Emphysema	폐기종
Cyanosis	청색증	Empyema	농흉
Craniotomy	개두술	Emdometritis	자궁내막염
Cystocele	방광류	Endocarditis	심내막염
Cystitis	방광염	Encephalitis	뇌염
Coryza	코감기	Febrile convulsion	열성경련
diplesia	양측마비	enema	관장
Cyanosis	청색증	Encephalitis	뇌염
Dyspnea	호흡곤란	Epiglottitis	후두개염
Dehydration	탈수	Episiotomy (perineotomy)	회음절개술
Delirium	섬망	Epistaxis	비출혈
Delusion	망상	Epilepsy	간질
Dementia	치매	Eruption	발진
Defecation	배변	Erythema	홍반
Diverticulosis	게실증	Esophageal barix	식도정맥류
Diagnosis	진단	Esophageal atresia	식도폐색증
Diplopia	복시	Eso(exo)tropia	내(외)사시
Diuresis	이뇨	Extirpation	적출술/제거
Discharge	퇴원	Expire	사망하다
Disruption	파열	Extension	신전
Dizziness	현훈, 현기증	Failure to thrive	성장장애
Dysuria, anuria	배뇨곤란, 무뇨	Facial palsy	안면마비
Dislocation	탈구	Fatigue/fibroma	피로/섬유종
Dilatation and curettage	소파술	Fistula	누공
Fracture	골절	Hypoxemia	저산소혈증
Gangrene	괴저	Hysterectomy	자궁절제술
Gastrectomy	위절제	Hyperplasia	과형성
Gastric gavage	위 영양	Hydronephrosis	수신증
Glycosuria	당뇨	Hyperglycemia	고혈당증
Glaucoma & cataract	녹내장, 백내장	Hydrocele	음낭수종

용어	의미	용어	의미
Goiter	갑상선종	Hydrocephalus	뇌수종
Gynecomastia	여성형유방	Hypertrophy	비대
Gonorrhea	임질	Ileus	장폐색
Gout	통풍	Ischemia	허혈
Gravidity	임신력	Isolation	격리
Hallucination	환각	Immobilization	부동
Headache	두통	Immunotherapy	면역요법
Heartburn	가슴앓이	Indigestion	소화불량
Hemangioma	혈관종	Infarction	경색
Hematemesis	토혈	Inhalation	흡기
Hematochezia	혈변	Insight	통찰
Hematuria	혈뇨	Inguinal hernia	서혜부탈장
Hemiplesia	편마비	Insomnia	불면증
Hemophilia	혈우병	Inspiration	흡기
Hemoptysis	객혈	Intestinal obstruction	장폐색
Hemorrhoid	치질	intussusception	장중첩증
Hemorrhage	출혈	Invasion	침습. 침범
Hemothorax	혈흉	Irrigation	세척
Hepatoma	간암	Instillation	점적
Hepatitis	간염	Jaundice	황달
Hepatomegaly	간비대	Leukoplakia	백반증
Herniation(hernia)	탈장	Kyphosis	척추후만증
Herpes zoster	대상포진	leukorrhea	백대하
Hiccup	딸꾹질	Labor	산통
Hoarseness	쉰소리	Laryngitis	후두염
Hypermenorrhea	월경과다증	Hypotension	저혈압
Hyperemesis gravidarum	임신오조증	Hypoxia	저산소증
Hypertension	고혈압	Lymphadenitis	림프선염
Hypochondriasis	건강염려증	Macrosomia	거구증
Hypoglycemia	저혈당증	mastitis	유선염
Hyperventilation	과호흡	Infertility /infection	불임/ 감염
Sinusitis	부비동염	Tremor	진전
Stomatitis	구내염	Tuberculin reaction	투베르쿨린 반응
Spinal stenosis	척추 협착증	Urethritis	요도염
Still birth	사산	Undescended testis	잠복고환
Syphilis	매독	Umbilical hernia	제대탈장
Sudden infant death - syndrome	영아돌연사증후군	Uterine atony	자궁이완
Skin preparation	피부준비	Urticaria	두드러기
Stomatitis	구내염	Urinary incontinence	소변실금
Symptom	증상. 징후	Urinary tract infection	요로감염
Syncope	실신	Varicella zoster virus	수두

용어	의미	용어	의미
Syphilis	매독	Vaginitis	질염
Spinal cord	척수	Vagotomy	미주신경절단술
Testicle swelling	고환부종	Varicose vein	정맥류
Tetanus	파상풍	Ventricle	심장의 심실
Thrombophlebitis	혈전성 정맥염	Vertigo	현기증
Thyroidism	갑상선증	Vesicle	수포
Tinnitus	이명	Visual disturbance	시력장애
Thoracentesis	흉강천자	Ventilation	환기
Tonsil	편도선	Ventricular septal defect	심실중격결손
Tonilitis	편도선염	Wheezing	천명음
Tachypnea	빈호흡	White blood cell	백혈구
Tracheostomy	기관절개술	Whipple's op	휘플 수술
Traction	견인	Xerostomia	구내건조증
Transplantation	이식	Liquid diet (L/D)	미음
Trauma	외상	Soft diet (S/D)	죽
		Regular died (R/D)	일반식

4) 검사명

약어	Full term	의미
ABGA	Arterial blood gas analysis	동맥혈가스분석검사
BT	Bleeding time	응고시간
Bx	Biopsy	생검
CBC	Complete blood count	전 혈구 검사
CEA	Carcinoembryonic antigen	암태아성 항원
CT	Coagulation time	응고시간
CVP	Central venous pressure	중심정맥압
ECHO	Echocardiography	초음파 심장조영술
ECG(EKG)	Electrocardiogram	심전도 검사
EEG	Electroencephalogram	뇌전도
EMG	Electromyogram	근전도
ERCP	Endoscopic retrograde cholangio-pancreato graphy	후행 내시경 담관췌장검사
ESR	Erythrocyte sedimentation rate	적혈구 침강속도
EUG	Excretory urogram	요로조영술검사
FDP	Fibrin degradation product	섬유소붕괴 부산물검사
FFP	Fresh frozen plasma	신선냉동혈장
GBS	Gallbladder series	담낭촬영
Hb	Hemoglobin	혈색소
HCT	Hematocrit	적혈구 용적률
KUB	Kidney / ureter / bladder	신장 요관 방광
LFT	Liver function test	간기능검사
PT	Prothrombin time	프로트롬빈 시간
PTT	Partial thromboplastin time	부분 프로트롬빈 시간
SGOP	Serum glutamic oxaloacetic transaminase	간기능 효소 검사
SGPT	Serum glutamic pyruvic transaminase	간기능 효소 검사
TFT	Thyroid funtion test	갑상선 기능 검사
U/A	Urine analysis	소변분석검사
UGI series	Upper gastrointestinal series	상부위장촬영
USG	Ultrasonogram	초음파 촬영
UTI	Urinary tract infection	요로감염
VDRL	Venereal disease research laboratory	성병검사
WBC	White blood cell	백혈구

5) 진료과명

약어	Full term	의미
OPD	Out patient department	외래
GS	General surgery	일반외과
CS	Chest surgery	흉부외과
NS	Neuro surgery	신경외과
IM	Internal medicine	내과
MG	Gastrointestinal medicine	소화기내과
HM	Hematooncology medicine	혈액종양내과
ME	Endocrinology medicine	내분비내과
MP	Pulmonology medicine	호흡기내과
MN	Nephrology medicine	신장내과
MC	Cardiology medicine	순환기내과
OS	Orthopedic surgery	정형외과
DM	Dermatology	피부과
OB&GY	Obstetrics & gynecology	산부인과
RM	Rehabilitation medicine	재활의학과
FM	Family medicine	가정의학과
ENT	Ear, nose, throat	이비인후과
OPH	Ophthalmology	안과
URO	Urology	비뇨기과
PS	Plastic surgery	성형외과
PED	Pediatrics	소아과
NUR	Nursery	신생아실
NP	Neuropsychiatry	신경정신과
NR	Neurology	신경과
OR	Operation room	수술실
RR	Recovery room	회복실
ER	Emergency room	응급실
EM	Emergemcy medicine	응급의학과
AN	Anesthetics	마취과
ICU	Intensive care unit	중환자실
CCU	Coronary care unit	심장중환자실